넋 두 리

제1장 나의 섬, 무의도에서

○ 봄맞이

봄
무의도에 봄이 왔네요.
차가움도 사그라지고.

반갑다.
무의도야.

2020년
화려한 봄 선물,
정말 고맙다.

그런데
나는 어찌해야 할까?

네가 앞서 온 만큼
내 젊음은 그 뒤로....

어찌할 수 없는
대자연의 흐름이겠지.

그래....

오늘,
무의도 봄맞이를 할 수 있다는 것으로도
나는 행복하다.

○ 섬 산행이 좋은 이유

아침 일찍 집을 나서
07시30분
무의도 산행 시작.

10km 3시간 완주

햇살도 바람도
부드러운 봄.

섬 산행이 좋은 이유
1. 조망이 시원하다.
2. 바람이 푸르르다.
3. 등산 인파가 많지 않다.

땀이 조금 흘러내렸지만
땀에서도
상쾌함이 묻어나는 4월이다.

○ 달려봅니다.

8시 45분
큰무리선착장에서 산행 시작

당산, 국사봉, 호룡곡산을 지나
하나개해수욕장 방향으로
1km를 더 직진하면
조망이 훌륭한 작은 봉우리 도착.

편도 6km 왕복하니 총12km
시간당 3.3km의 속도.

시원한 바람에 만발한 진달래,
어찌나 아리따운지
가슴이 시려옵니다.

오늘도
나의 무의도는
눈부시게 아름답습니다.

○ 5월의 무의도

어느새
푸르름이
온 산을 지배하고 있다.

파릇한 기운에 덮어진 오솔길.

좀 더 천천히
조금 더 느리게 가도 된다는 외침이
목젖을 누른다.

지난 겨울
혹독한 한파 속,

이 푸르름을 생각했을까?
이름도 없이 여기저기 피어난 나뭇잎들은.

청량한 공기에
따스한 햇살이 가득한
우리의 산하는
여전히 아름답다.

○ 위태로운 평화

무의도 삼거리에 차를 세우고
당산과 국사봉을 지나 호룡곡산을 넘어섰다.

간만에 광명선착장으로 하산.
버스 정류장에
한가로운 파도 소리가 들려온다.

동해 같은 철썩임과
방파제에서 사그라지는 파도는 없지만
섬마을에는 평화로움이 가득하다.

며칠 전 몰아친 한파는
그리도 무섭더니만
오늘은 시원함이 가득한 봄바람이다.

갈매기 수십 마리가
밀려오는 바닷물 위에서
날갯짓을 하고 있다.
무얼 찾아 떠도는 것인가?

저 갈매기들은
중년의 위태로운 자유를 알까?

자유를 자유로 느낄 수 없는 삶.
중년의 삶이란 이런 게 아닐까?

○ 그놈의 계단

한파 속의 무의도는
소나무와 함께
늘 그 자리에서
나를 반기고 있다.

무의도에도 나무계단이 여러 군데
설치되어 있다.
사람으로 인한 훼손을
최소화하자는 것으로 보인다.

우리의 모든 일에는
장단점이 있기 마련이다.
나무계단도 그렇다.

발디딤을 안전하게 하여
쉬엄쉬엄 산행하기에는
도움이 된다.

그러나 그늘로부터 멀어지고
오솔길을 거니는 정겨움이나
추억 속 고향에서 함께 했던 흙길의 낭만은 없다.

지리산 설악산 치악산 등등
나무계단이
엄청나게 많이 설치된 지 오래다.

이왕 만들려면
디자인된 계단에
의자도 매달고 전망대도 높이 달았으면....
아마도 그놈의 돈이 문제겠지.

계단을 오를 때마다
언젠가는 끝나겠지 생각하다 보면
어느새 정상에 닿는다.

인생이란
이런 것일 것.

공짜가 없다.
오늘 오른 계단 수만큼
참아낸 시간만큼,

내 삶의 성공이 무엇이건
한 발짝 다가서 있길
기대해본다.

○ 참아내는 이유

휴가를 내고
무의도 산행,
행복의 가치에 대해
생각해 본 하루다.

사람들은
모두 행복을 원한다.
나도 그렇다.

행복은 지극히 개인적인 가치다.
행복을 느끼는 상황, 대상, 시간 등에서
누구나 다르기 마련이다.

우리는 무엇 때문에 살아가나?
톨스토이는 이미
사랑 때문에 살아간다고 소설을 통해 말했다.

난 사는게 힘들어도 왜 참아낼까?
난 불편한 상황에서도 왜 참을까?
난 손해가 있어도 왜 참을까?

나는
참아낸 이후 찾아오는....충만해오는....
행복감을 생각하기 때문이다.

걷는 동안
행복의 가치를
떠올려봤다.

○ 다름

2020년 22번째 무의도 산행을 마쳤다.

같은 산 같은 길에서
다르다고 생각하기 시작하니
이 길이 새삼스럽다.

가지만 달린 나무들
뒹구는 낙엽들
어딘지 모를
머나먼 곳에서 찾아왔을 바람

누군가의 포근한 품이자
내 걸음의 디딤판이 되어주는 보드라운 이 길들

무의도를 찾을 때마다
그대로인 것 같지만
그대로인 건 하나도 없다.

자연이 이럴 진데
사람인 우리는?

다름을 인정하자고....
존재 그 자체는 동일하다....
누구든 존중하자고....
늘 하는 내 다짐이다.

무의도에서
다름의 가치를 생각해보았다.

○ 낚시

무의도가 좋은 이유 중 하나.

아주 가까이 바다가 있고
고기도 있습니다.

시간 내서 낚시를 던지면
잡을 수도 있구요.

아주 가끔 잡힌다는 것이
큰 단점.

그래도 저는 만족합니다.

○ 버려진 고양이

호룡곡산 정상의
고양이
한 마리.

누군가
이곳에 버렸다.
그러나 귀엽긴 하다.

이러려면
처음에 왜 키웠을까?
개든 고양이든
제발 버리지 않았으면 좋겠다.

날이 덥고 습도가 높다 보니
정상 부위 나무들이
물방울을 머금고 있는
일액현상이 이채롭다.

그늘에 드리워진 거미줄도
어린 시절 기억을 소환 해주는 듯.

모든 게 반가운
무의도를 다녀간다.

○조용한 무의도

무의도는 조용하다.

붐비지 않는
여름이
낯설다.

코로나19로
우리 삶의 모습이
어디까지 변할지
짐작이 안 된다.

그렇다 해도
난 여전히 무의도에서
산이랑 바다랑
씨름하며
보낼듯하다.

○ 휴가 첫날

여름 휴가 첫날.
비가 오지 않자 반가운 마음에
무의도로 고고....

오전에는 지렁이와 놀았다.
결과는 망둥이 두 마리....
시원한 바닷가에서 음악과 함께 한 시간이었다.

차에서 30분 쉰 후
국사봉 거쳐 호룡곡산 왕복 산행 중.
국사봉 아래 의자에 앉아있으니 바람이 쌩쌩 불어댄다.

비가 올 태세이긴 하지만 이제 2km 남은 하산길이니
마음이 여유롭다.

긴 장마에 수해 입은 분들에게 피해줄 까봐
어디든 엄두도 못 내는 내 휴가.

무의도에서
바람과 함께
숲과 함께다.
사무실 일은 잊어버리자

발아래
저 작고 조용한 실미도에서
그 옛날 그 큰 사건들이 있었다니 신비롭다.

세월 따라 바다로 가버린
옛일이 되었지만
당시 그 군인들은 얼마나 무서웠을까....

○ 우중 산행

무의도는
비가 내려도
멋지다.

기쁠 때나
슬플 때도
같은 모습으로 초연하자.

슬픔과 고독이 밀려올 때도
우아한 척
하지 말자.

있는 그대로
아파하고
기뻐하자.

나는
이 자연에 비하면 극히 작은 미물,
언제 어디서나 겸손하자.

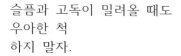

비 오는 날 산행은
여러 생각이 들게 합니다.

(현실)
비를 맞지 않으려고
2시간50분 만에 10km 넘게 뜀박질.

따라 하지 마셔요.
산에서 뛰면 사고 납니다.

○ 자유

오늘도 무의도 다녀갑니다.
바람이 시원한 날....

큰무리선착장에서 국사봉과 호룡곡산을 다녀오는 3시간 30분 코스.
단체 산행은 아직이란 생각이 드는데....
단체도 개인도 많은 날이네요.

산객을 바람처럼 스치려고
노력한 하루입니다.

나 홀로 운동의 가장 큰 장점은
자유를 마음껏 누린다는 것입니다.

여유로움과 함께하는 자유.

벤치에 잠시 누워
나뭇잎 사이 하늘을 보노라면
알게 됩니다.

진정한 자유란
자연에 있다는 것을.

내 마음에 있다는 것을.

○ 광복절

어제 8.15.
광복절의 무의도.

숲에는 바람이 있고
시원함이 있다.

숲에는 푸르름이 있고
젊음이 있다.

숲에는 편안함이 있고
에너지를 충전할 수 있다.

그래서
주말이나 공휴일이면
어김없이 무의도를 찾습니다.

어제의 무의도 더위는
견디기 힘들 정도.
호룡곡산에 올라가다가
그늘에 누워
4시간을 보냈네요.

그 덕분인지
활기찬 하루를
시작합니다.

○ 폭염

무의도 산행은
평소 4시간이면 충분.

날이 더워
숲속 의자에 눕기도 하면서
쉬엄쉬엄 다녀오니
6시간이 훌쩍 넘어갑니다.

공사 중인 연륙교가
드디어 연결되었네요.

8월 더위가
절정에 이른 듯.
그래도 숲속 그늘은
견딜만합니다.

○ 가을 진달래와 코스모스

무의도에
가을이 왔다.

철 잊은 진달래는
나를 닮은 것인가?
시도 때도 없이 불쑥 피어났다.

시를 잘못 타고 났다고
때를 잘못 만났다고
절망할 필요는 없다.

주어진 상황에 최선을 다하면
그만이다.

하늘하늘 연분홍 미모를
뿜어내는
길가의 코스모스,
이 계절이 아름다운 이유다.
가을엔 역시 코스모스다.

무의도에 자주 오지만
둘레길을 돌고 돌아
국사봉과 호룡곡산의 왕복 산행은 오랜만이다.

바람이 좋은 10월의 무의도는
바다가 잘 어울리고
걷기에 좋다.

○ 단풍

10월 마지막 주 일요일의 무의도.

가을이 무르익었습니다.

오색 단풍과 바다가 어우러진
아름다운 섬이네요.

○ 일몰

인천 잠진도 입구에서 바라본
무의도의 일몰.

저물어가는 무의도에
낭만이 흐른다,

거무스름한 이 밤은
어디로 가고 있을까.

그저
감사한 저녁이다.

○ 초가을

한 주 사이에
가을이 성큼 다가섰습니다.

곧 다가올 겨울도 멋지지만
그날이 오면 이 계절이 그립겠죠.

겨울이 되기 전에
부지런히 걸어보렵니다.

바다와 산이 어우러진
제가 아는
제가 자주 찾는
최고의 섬....
무의도.

오늘도 다녀갑니다.

○ 10월의 무의도

10월
가을이다.

이 가을은
어디서 왔을까?

푸르른 산 너머 어디쯤에서....
서해 바다 건너 어디쯤에서....

이 가을에
산행과 함께
건강을 챙기자—고 외쳐봅니다.

○ 진정한 산악인?

지난 토요일의
일명 벼락 맞은 바위

무의도 둘레길을
처음으로 다녀왔네요.

차갑지만
여전히 반겨주는 나의 섬
무의도.

감사한 마음으로
한걸음, 한걸음 디디면서
산행을 다녀왔습니다.

겨울이어도.
계속 걷다 보니
전혀 춥지 않네요.

진정한 산악인이란?

어쩌면....

계절을 가리지 않고
무의도를 찾는
나 같은 사람 일지도.

○ 한파의 무의도

한파에 묻혀버린
무의도

겨울의 진수를 보여주는 날이다.
바람은 거의 없으나
한기가 장난이 아니다.
엄청나게 춥다.

보통의 겨울 날씨는
산에 접어들면서
차가움이 가볍게 느껴진다.
그러나 요사이는 무겁고 무섭다.

눈이 덮인 국사봉과 호룡곡산은 처음이다.
온통 하얗게 변한 길을
가까이서 즐긴 운수 좋은(?) 날이다.

그러나 북극 빙하의 차가운 공기가
한반도까지 내려왔다는 뉴스,
기후변화에 따른 문제를
이렇게 체감하는 것이 어찌 좀 걱정스럽다.

한겨울인 오늘
몇 사람을 마주치긴 했으나
이 산의 주인처럼
여유롭게 즐긴 오늘 하루가
정말 감사하다.

○ 친구와 함께

영하의 날씨지만
오늘 섬 산행은
정겨웠다.
친구와 함께해서다.

친구란?
세월이 흘러도
같은 자리에 있는 것.
(내 생각)

모든 것이
시간과 함께 변하고
흘러간다.

그러나
그리 슬퍼할 일은
아니라고
외쳐본다.

같은 자리에 있을
무의도와
친구가 있기에.

○ 저체온증

날은 추워도
무의도 산행길은
여전히 즐겁습니다.

어느새 한낮에도
차가운 기운이
몸속을 파고듭니다.

겨울 산행은 짧은 휴식을 제외하고
계속 움직여 체온을 유지해야 합니다.

술 한잔하면
몸이 더워질 거란 생각은 착각입니다.
음주 산행은 사고의 지름길.

저체온증이 갑자기 찾아온다면?
우선 따뜻한 음료와 함께 무엇이건 먹어야 합니다.
난로가 살아나려면
연료가 필요한 것과 같은 이치.
겉옷을 입히는 건 큰 도움이 안 됩니다.
먹고 마시면서 계속 걷거나 뜀박질하면서 체온을 올려야 합니다.

겨울 산행 시
잠깐 쉬는 건 괜찮지만
차가운 기온 속에서 10분이상 앉아있으면
저체온증이 닥칠 수 있습니다.

안전한 겨울 산행에 도움이 되길 바라며.

○ 혹한

영하의 날씨에도
나의 무의도는
여전하다.

등산은
인내력이 필요하다.

오르막 또는 산길이 아니어도
혹한의 추위를 견디는
인내가 필요한 오늘이다.

왕복 11km 4시간
매우 춥지만
2월을 지나고 있다

조금만 참다 보면
봄이 올 것이다.
오늘 추위는
봄이 온다는 신호인 듯....

○ 그리움

영하의 날씨에 묶인 무의도.
한파가 대단하네요.

그래도 주말 섬 산행은
조망이 좋아요.

겨울이다 보니
지나간 여름이 그립네요.

여름이 오면
또 이 겨울이 그립겠죠.

인생이
다 이러지 않을까요?

좋다가....좀 안좋다가...
좋다가....또 좀 앉좋다가....

평범한 일상과 건강만 있다면
그 자체로 최고일 듯.

○ 견딤

무의도는 겨울이다.
이 계절을
건강히 보내야 할 텐데.

코로나19 상황이
위태롭다.

내 산행길에 있어서도
늘 마지막이 힘들었다.

지리산 화대 종주,
설악산 공룡 넘어 설악동 가는 길,
덕유산과 소백산 종주,
내장산과 백양산 환 종주 등등....

내가 즐긴 그 길들도
산행이 끝날 때쯤이면
다리도 저리고
여기저기 더 아파왔다.

코로나19도 그렇다.

조금 더 조심....
조금 더 견뎌야 하는....
모두가 노력해야 할 시간이다.

제2장 자유로운 나

○ 매화 1

출근 중에 본
활짝 핀 매화,

발길을 멈추게 합니다.

여지없이 꽃이 피는 계절이 왔듯이
코로나19로 무너져 내린
2020년도 지나갈 것입니다.

겨우내
차가웠던 한파가 물러가듯
지나갈 것입니다.

코로나19 위협이 없는
보통의 날들,
그날이
아름답다고 생각되네요.

평범의 위대함을 다시 한번
새겨보는 아침.

이른 봄
한 떨기 매화에서
느껴봅니다.

○ 매화 2

매화야.

아침을 환하게 밝혀주는
너,
감사하다.

이른 봄
빨리도 와주었구나.

내일도 모레도
또 다른 누군가가
오겠지만....

어쩌면 너보다
더 예쁜 녀석이
다가설지도....

그러나
오늘 이 순간만큼은
너뿐이다.

매화야,
네가 있어
행복한 아침이다.

○ 매화 3

청순함,
화려함,
양귀비 같은....

마침내
이쁜 자태를
내게 보여준 그대.

그대를 본 오늘은
지나간 봄날의
청춘도 부럽지 않다.

추위와 한파를
이겨낸
사랑스러운 홍매화.

다시 보니
반갑고
감사하다.

○ 해바라기

나는 해바라기다.
.....
.....

바람이 적당히 불어주는 날.
해바라기처럼
내일을 꿈꿀 수 있기에
행복하다.
....
....

나는 해바라기다.

○ 장미

수련원 울타리에
장미가 활짝 피었습니다.

아주 멋지네요.

붉은 꽃잎을 보면서
상념에 젖어봅니다.

나에게도
아름다운 청춘이 있었을 텐데....

그 많던 열정들은
다 어디로
흩어져 갔을까....

에라~~~
소주나 한잔하자.

○ 고향

내 고향이자
아내의 고향인 순창.
내장산과 백양산 길목의 복흥.

오늘은
장인어른 사십구제로
시골이다.

개천가의
각시원추리, 수레국화, 금개국....
나를 반긴다.

고향의 아침은
여전하구나.

푸르름이 가득한
이 행복을 주신
우리의 부모님....

진심으로
감사드립니다.

○ 이팝나무꽃

내리는 빗물에
하얗게 젖은
이팝나무꽃

청순함....
소녀....
아기사슴의 눈....

알 수 없는 감정들이
이파리 위로
빗방울과 함께 뚝뚝....

꽃잎들이
벚꽃처럼 휘날리지 않아도
너에게 머물고 싶은
오후다.

○ 소나무

산이건 바닷가건
어디에서든
푸르다.

비가 내려도
눈이 쌓여도
한결같이 푸르다.

푸르른 네가 좋다.

○ 사과꽃

사과 맛이
좋은 이유?

나는
말하고 싶다.

보기 좋은 떡이
먹기도 좋다는 속담처럼

꽃이
아름다워서라고....

아침에
사과꽃을 마주하며.

○ 벗꽃의 아름다움

아름다움이란?

꽃이 피어나는 계절
3월도 이틀을 남겨둔
아침.

청명한 하늘과 어우러진
벗꽃이
돋보인다.

나도 비슷하지 않을까?

나의 배경을 만든
생각, 말, 행동들이
저렇게 파랗다면.

언제나 좋은 말과 선한 행동으로
그리고 배려와 신뢰에 기반한
선택이라면.

벗꽃이 눈부시다.

○ 이겨내기

부풀어 오른 자태에서
열정을 태워낸
너를 생각한다.

지면 아래
깊숙한 어느 곳에서
겨우내 몸부림을 했으리라.

꽃이 아리따운
이유들이
여럿이겠지만....

내 생각에는
견디고....이겨내고....
마침내 피어나기

오늘도
생동감이 솟구치는 하루이길....

○ 꽃망울

생명
태동
행복

꿈
힘
봄

아직
피우지 않은
벗꽃과 목련을 보며 생각해봅니다.

○ 가을의 전령

밤이 익어가는 소리를
아시나요?

쉬이잇....

걷다 뛰다....
잠시 멈추기도 하며
나무와 벌레....곤충들이 들려주는
가을 이야기에
귀 기울여봅니다.

밤이 익어가고
바람이 시원한 날.

가을인가 봅니다.

○ 단풍 1

단풍잎 사이로
추억이 묻어나고....

한편에서는
부족함과 아쉬움만이
깊고도 길게 생각나는
아침.

숨이 멈출 그 날까지 이어질
저의 선택들은
오늘도 계속되겠지요.

가족과
친구, 친지들까지
행복이 넘쳐나는 나의 길이기를....

단풍잎이 뒤덮인
이 길에서
되뇌어봅니다.

○ 단풍 2

단풍이네요.
반가운 마음이 앞섭니다.
그뿐일까요?

노랑, 빨강으로 휘날리는
잎파리 사이로
추억도 함께 날아듭니다.

이른 봄부터 꽃을 피우느라
용을 다 썼으리라.
우리내 아름다운 청춘처럼.

온몸이 부서지도록
여름 내내
긴 호흡과 진한 땀을
쏟았을 너희들이었지.

이젠 색동옷 입고 꽃가마 타고
저승길 가듯....
휘날립니다.

춤사위가 지난 자리에
횡한
바람만 불어댑니다.

○ 국화

가을에는
국화가 어울리네요.

제 생각이 아니고
가을이면 피어나는
대자연의 섭리겠지요?

지난 주말 들여온 국화가
날마다 새롭습니다.

새로운 아침
새롭게 피어나는 내가 되고....우리가 되는
좋은 날이기를
기원해봅니다.

오늘 하루
어려움이 닥쳐도
아픔들이 눈 앞을 가린다 해도
견디지 못할 일이 뭐 있나요?

대자연의 섭리에 의하면
모든 게 지나가는 것을.
견디면 승리할 것을
이미 아는걸요.

○ 어울림

조화인 듯 아닌 듯....
아름답게 피어난 사무실 화분들을
한곳에 모아봤다.

하나일 때도 예쁘지만
한 자리에 모아놓으니
더욱 빛이 난다.

우리의 일상에서도
누군가와 함께할 때
빛나는 경우가 많다.

나이 50을 훌쩍 넘고서야 알았다.
더불어...어울려...함께의
위대함을.

나만 괜찮으면 문제없다.
나만 옳다
내 생각을 관철한다.

이런 것들을 내려놓아야 함을
이제야 알았다.

다름을 인정하자고
다시 한번
생각해본 휴일 아침이다.

제3장 공무원의 아픔과 기쁨

○ 주말 산행

날이면 날마다 계속되어온
전쟁 같은 하루가
오늘도 이어졌다.

산업안전보건위원회 업무를 맡은 지 1년이다.
4년 전부터 2년간 했던
근로자 노조 업무 때와 비슷하다.

코로나 시대에 노동운동을 하는 이들도 힘들겠지만
사용자 측에서 대응하는 나도
버겁다.

주말이면 산으로 들로 뛰어다녀야 하는 이유.
스트레스를 감당하기 어렵기 때문이다.

시대에 앞서 노동자 편에 서기 위해
끊임없이 노력하지만....늘 부족하다고 외치는 노측이다.

정말 힘이 든다.
난 누구이고 무엇을 위해 사나 하는 원초적인 질문이
온몸을 휘감는 밤이다.

내 인생에 햇살이 비추는
찬란한 날들이
남아있기는 할까?

그날이 언제쯤일지....

○ 상사화

수련원 뒤뜰에 핀 상사화

한여름
더위를 이기고 피어난
한 떨기 꽃잎

경의를 표한다.

○ 체육행사

어제 2021. 12. 3.
월미도 바다열차 타고
과장님이랑 함께한
팀 ·체육행사.

즐거운 시간을 함께 가질 수 있어서
행복한 하루.
바다열차에서 내려다본 월미도 풍경이
이채롭다.

오늘따라
구름 한 점 없이 청명한 하늘,
바다는 더욱 푸르다.

바다열차와 어우러진
월미도 일원은
인천의 진면목 중 하나.

다른 부서는 이미 완료한 체육행사.
내 연수 일정을 고려한
행사일 조정과 참여에
감사하고 행복한 하루입니다.

P.S 체육행사: 봄과 가을의 체육주간 중 부서별로 혹은 기관별로
　　　체육활동을 할 수 있다. 사무실에서 식대 등 일정 금액을 지원
　　　하기도 함

○ 박석공원

이슬비가 내리는
가을 아침
영종하늘도시 박석공원이다.

이미 가버린
여름.
그때는 이 길이
끝없이 고독했었다.

천만다행!!!

나의 소망(사무관 승진)들이
운 좋게
우주와 어우러져
성과를 낸 가을.

이 아침
낙엽을 밟으며...
계절을 느낄 수 있어
감사하다.

오늘도
겸손한 마음으로
하루를 시작한다.

○ 화분

출근길에
교육감님께 받은 화분.

따스한 봄바람과 함께
우리 교육청 현안,
내가 추진하는 TF,
3월부터 신설하는 자문 노무사 제도...등등

모두 모두
술술 풀리길
바라봅니다.

작은 화분과 함께
기분 좋은 하루를
시작합니다.

○ 조깅

재택근무로
아침 운동을 했습니다.

출퇴근 거리가 멀다 보니
조깅도 오랜만.

코로나19가 바꿔준 일상 중 하나로
재택근무를 이어가다 보니....

바람은 시원하고
푸르른 하늘은 훨씬 높아 보이고....
가을이 왔나 봅니다.

최근 줄어든 체중 때문인지
가벼움이 느껴집니다.

바람과 비가 멈추고....
홍수도 이제 그만이길!
제발.

좋은 기운과
좋은 햇살이 함께하는
좋은 날들만 계속되길 기대해봅니다.

○ 2020년도 산업안전보건위원회를 마치고

오늘 인천교육청 산업안전보건위원회 3차 회의가 있었는데
우리 팀원들이 일사불란하게
분장된 업무들을 잘 수행해줘
무사히 마칠 수 있었습니다.

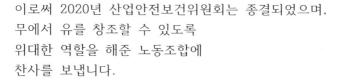

함께 해준 동료들에게
무한 감사의 말씀을 올리며....
어려운 코로나 상황에서
회의에 참여해주신 분들께 감사드립니다.

이로써 2020년 산업안전보건위원회는 종결되었으며,
무에서 유를 창조할 수 있도록
위대한 역할을 해준 노동조합에
찬사를 보냅니다.

지난 3월 구성되었고
분기별로 세 차례의 회의가 이어졌는데...

이러한 과정 자체가
노측과 사측이 함께 어우러져
인천교육을 한 걸음 더 발전시키는 것이라고....
자화자찬하며 위안 삼습니다.

내년에는
더욱 정교화되고 생산적인 위원회로
이어지기를 기원해봅니다.

○ 벌교에서

전남 고흥 외나루도 00수련원 출장.
돌아오는 길에 벌교에 들렀다.

20대 초반 5년
육군과 공군을 오가며 보낸
추억의 고장이다.

같은 교회 다녔던 마음씨 착한 누나들도
이젠 50대 중반,
연락이 끊어진 지 오래고
거리만 그대로다.

낯설고 아는 이 한 명 없는 벌교,
그냥 지나치기 아쉬워서
몇 바퀴나 걸었다.
무슨 미련이 있는 것도 아닌데....

조정래 태백산맥 관련
설명 게시판과 건물들이
여기저기 많이 들어섰다.

역시 추억은
아련하면서도 아쉬움이 있어야 한다.
잠시였지만 행복한 시간이었다.

○ 발령

우리 팀
인천교육청 노사협력과 노무지원팀.

2018년도 학습동아리 최우수로
교육감 상장 수상.

근로자 인건비 집행 지도점검을 위한
노무관리 TF를 운영하여,

인건비 검증프로그램 구축 후
점검과 사용자 교육까지 완료.

저물어가는 2018년 마지막 날
우리 팀,
화이팅입니다.

저는
이 밤이 지나는 1.1.자로
자리를 옮겨 추억으로 남겠지만....

즐거운 기억과 함께
한해를 마감합니다.

○ 주문도

강화군 서도면
주문도 가는 길.

외포리 뱃터에 갔다가
오늘은 선수리에서 출항한다고...급히 이동.
다행이도 무사히 배에 올랐네요.

12년 전 가족과 함께
1년반정도 살았기에
휴가 나온 아들도 ok.
홍대서 노래하는 작은애도 동의.

월요일 휴가 내고
섬으로 가는 길입니다.

낚시....박하지와 소라잡이....
내일은 백합 잡고
오후 배로 나올 예정입니다.

제가 아는 최고의 섬인 주문도.

오래된 추억 속의 섬이지만
오늘과 내일
새로운 추억 한 단을
더 쌓겠네요.

○ 프랑크프르트 출장 중

2018. 12. 14.
독일의 학교 탐방을 위한 출장에서
프랑크프르트의 새벽 조깅

공기가 참 맑다
좋다.

제4장 라이딩과 함께

○ 봄바람

이틀 전만 해도
온 세상이 꽁꽁 얼어붙었는데
오늘은 풀렸다.

드디어
자전거 타기 좋은 날이 온 거다.

하늘도시에서 미단시티로....
잠깐 쉰 다음 운서역 옆 교육연수원을 한 바퀴 돌아
다시 하늘도시로 왔다.

햇살이 좋아
야외에 사람들이 많다.

코로나19 바이러스는 무섭지만....
따스한 봄바람이 부는 날
집에만 있기는 아쉽다.

영종에도 봄이 오고 있음을
체감한 오후다.

늘 오늘처럼
적당한 바람과 따스한 햇살이 함께였으면 좋겠다.

○ 고기잡이랑

11월의 영종,
어느새 차가운 계절입니다.

자전거를 타고
미단시티 거쳐
무의도로
물고기 잡으러 다녀왔습니다.

고기잡이는
꽝이구요.

자전거 70km 탄 것으로
만족합니다.

○ 시원한 날

오랜만에 영종 씨사이드 파크,
남측 해안 도로 따라
무의도까지 다녀오다 벤치에 앉아
파도 소리에 귀 기울여 봅니다.

자동차 소리에 가을이 묻혀가듯
바람이 불어댑니다.
오늘은 여러모로 시원한 날이네요.

그간 준비한 승진 시험이 끝나
25년 공무원 생활을
총정리했다는 생각이 듭니다.

준비한 만큼 실력 발휘를 못해
조금의 아쉬움은 남지만....
최선을 다했습니다.

잘 되건 안 되건 결과를 기다릴 것이나,
크게 개의치 않기로 했습니다.
하고 싶은 것과 해야 할 것들을
그야말로 치열하게 준비해 왔기에....

다시는 승진 시험으로
스트레스 받을 일이 없다는 것만으로도
시원한 하루입니다.

그간 물심양면으로 지원해주신 분들께 감사의 마음을 전합니다.
일일이 이름을 나열하지 못함을 용서바라며....

일몰을 바라보며....인사 올립니다. 감사합니다.

○ 평화로움

평화롭다.
한가로움이 묻어나는
큰무리마을의 갯벌.

이 평화는
이 순간 이 자리에서 가지는
나만의 것이리라.

선주는
바닷물이 밀려들어
고기 잡으러 나갈 준비를 마치고
잠시 느낄지도....

일요일 라이딩은 즐겁다.
왕복 50km.
바람도 공기도 상쾌한 영종과 무의도다.

○ 향수

해당화가 곱게 핀
추석을 앞둔 날,
자전거를 타며
향수를 달랜다.

어릴 적 이맘때 나의 부모님은
농사에 지쳐
몸을 가누지 못하면서도
내가 입을 꼬까옷을 사주셨다.

다 큰 도시의 내 아이들은
추석이 다가오면
무슨 생각을 할까?

아침부터 자전거에 올라
5시간째 영종 여기저기를
기웃기웃...

무의도에 들러....을왕리로 갔다가
다시 인천대교로,
바람이 시원하다.

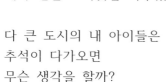

○ 석양

지난 몇 년간 주말마다 다녀온
무의도가
오늘은 바다 건너편에 있다.

이렇게
거리를 두고 보아도
아름다운 섬이구나.

누군가의 턱 밑까지
말로든 손짓으로든
들이미는 것 보다....

사랑한다는 이유로
사사건건
개입하는 것 보다....

오늘처럼
한 발 짝 떨어져 바라보아도
아름다움을 볼 줄 아는....

그런 내가 되고 싶은
저녁이다.

○ 돌아서기

퇴근 후 자전거 투어 중.
영종 남쪽 자전거길 공사는 거의 마무리.

바람이 적당하다.
일몰도 아름답다.

무의도 근처까지 왔다가
돌아서는 길.

언제나
멈추고 돌아선다는 것,
그 선택은 늘 어렵다.

나이가 들어도....

○ 영종진

영종진, 구읍 뱃터 바로 옆이다.

1875년 왜군이 통상개방을 이유로
강화 초지진 침공 당시
여기 영종진도 함께 초토화되었고
35명의 장병이 희생된 곳이라고
안내문에 기록되어 있다.

바다와 갈대가 어우러지고
이름 모를 새들의 울음은
뱃고동과 뒤섞인다.

해가 저물어 간다.
무심한 갈메기 울음은
여기저기서 들려온다.

전쟁을 치루던 그날
장병의 귀에도
저 소리는 오늘만큼 역력했을까.

피울음을 삼키며 적을 막았고
그 끝에서는
차마 눈도 감지 못했으리라.

어둠이 내리는
태평루 벤치에서
외로이 저물어간
님들의 영혼을 추모하며.

○ 회색도시

간 만에 자전거를 정비하고
동네 한 바퀴 돌았다.
자전거와 회색 도시
왠지 어색하다.

자전거 하면
시원하고 쾌청한 시골길이 먼저 연상되는 나는
어쩔 수 없는 촌놈이다.

수도권 살이 30년이 넘어가는데
그리운 고향은 여전하다.

초등학생부터 중학생까지 살았던
순창 복흥면 금방동 마을의
명절 아침이 그립다.

큰 집에서 아침 차례를 마치고 나면
동네 어르신들께 세배하며
한 바퀴 도는 것이 예의라 배웠다.

세배 투어를 마치고 나면
맛난 음식에 배가 불러왔다.
그때 반가이 맞아주시던 어르신들은 어디로들 가셨을까.

2021년 도시의 중년이 된 나는
명절 휴일에
회색빛 가득한 이 도시에서
자전거에 추억을 싣고 달린다.

○ 영종에서 무의도로

숲에서 거닐며
자전거를 타며
여름을 이겨보려 애쓴 주말.

자연과 함께할수록
아름다운 영종이란
생각이 더 든다.

운서동 주변 평화의 숲은
가벼운 산책에 좋은 곳이다.

벗나무가 주종이지만
나무가 많아
하루 종일 그늘이 있다.

무의도.
주말마다 가는 나의 무의도는
여전히 나를 반긴다.

그 자체로 좋다.

○ 장봉도 1

오늘은
장봉도 자전거 투어.

참 시원한 섬이란 생각이 우선 드네요.
그늘에만 서면 시원함이 찾아듭니다.

영종도 삼목 선착장에서
30분 걸립니다.

인천 시민은
1인당 편도 1600원인데
자전거도 편도 1500원 추가로 받네요.
저렴한 비용이 마음에 듭니다.

길에 차량이 많지 않아
라이딩하기 괜찮구요.

서해 조망도
훌륭합니다.

○ 장봉도 2

아름답다.
시원하다.
이 정도면 성공적인 라이딩.

장봉도.

몇 번째인지 모르지만
올 때마다 이런 생각.
역시 아름다운 우리 국토다.

선창 인근의 비행기 소음만 제외하면
정말 좋은 곳.

광복절에 우리 국토의 소중함을
되새겨봅니다.

○ 사고

자전거 타다 넘어지면
작은 일이 아니다.

10일 전쯤 심하게 넘어져
몸 여기저기에 기스가 났다.

상처가 아물어서
다시 자전거 출퇴근 재개.

망각이란게 있어
참으로 좋다.

넘어진 당시
고통과 공포는
기억 너머로 아스라이 사그라지고....

망각이 없었다면
다시 자전거 타지 못할 텐데.

다행이다.

○ 수련원 퇴근길에

자전거 타고
퇴근하며....

○ 시화호

가을...시화호 라이딩

시화방조제와 전곡항 가는 호수 길로
왕복 50km 찍고 마감.

석양에서도
가을이 느껴지네요.

기분 탓이겠죠.

○ 남춘천역에서 공덕역까지 1

힘든 여정에도
시원한 가을을 만끽한 하루

남춘천역 인근 시장에서
잔치국수 한 그릇 먹고
12시 20분 출발

쉬엄쉬엄 가다가
정 힘들면
전철을 타고 가자고 생각.

팔당대교 초계국수까지
80km 17시30분 도착,
저녁 먹고 18시30분 출발
최종 서울 공덕역까지 120km 달린 후
21시30분경 공항철도 탑승

집에 오니 23시가 넘어섰다.
종아리가 저리다.
온몸이 부서질 듯하다.

그러나
이 고통이 상쾌하다?

마라톤을 완주할 때도
그랬다.

바보가 아닌가 싶다.
샤워하면서 한 생각이다.

○ 남춘천역에서 공덕역까지 2

2020. 5. 23.
남춘천역에서 공덕역까지 120km 라이딩,
봄이 익어가고 있었다.

남양주 물의 정원은
지날 때마다
발길을 멈추게 한다.

오늘은 양귀비 때문에
지나칠 수가
없었다.

꽃잎이 신비로울 만큼 진하다.
사람의 마음도
저렇듯 진해질 수 있을까?

빨갛게...
노랗게...
아니면 하얗게.

이미 지나가 버린
아련한 추억 속의 친구들이
하나, 둘, 물 위로 떨어져 가는 듯....

아....옛날이여!
친구들이여!
오늘도 행복하길.

○ 춘천역까지

라이딩을 일찍 마치고
저녁밥을 느긋하게 먹고
전철 타고 귀가 중.

모처럼 여유를 즐긴다.

매주 토요일은 무의도 산행 3시간 후
사무실 출근했는데
이번 주는
라이딩.

공덕역에서 춘천역까지 120km 8시간,
예전보다 힘들진 않다.
아마도 혈압과 고지혈 약효와 긴 휴식 때문.

점심 먹고....
중간중간 준비해온 과일을 먹고....
물을 마시고....
쉬엄쉬엄 라이딩.

하루가 저물었다.
오랜만에 100km 넘게
찍은 소감.

쉬운 게 하나도 없다.

○ 능내리를 지나

한글날 라이딩.
오랜만에
좋은 풍경을 찾아 작정하고 나선
오늘이었다.

서울 공덕역에서 출발....
남양주 조안면 능내리를 지나
꽃밭의 가을 향기에
흠뻑 취했다.

왕복 110km.
익어가는 가을이
온몸으로 느껴졌고
자유로움을 만끽했다.

라이딩하기 딱 좋은 계절이다.

○ 남춘천역까지

예정했던 것보다
두 시간 정도 늦은
18시45분 남춘천역 도착.

닭갈비와 막국수에
소주 1병.

이제야 전철이다.

보람찬 하루일과를 마치고....
소싯적 부른 군가가 귓전에 맴돈다.

151km.
청라역에서 남춘천역까지
자전거 거리다.

○ 청평까지

청라역에서 청평역까지 라이딩.

가을은 가을이다.
푸르른 하늘과 바람
아름다운 우리의 산하다.

110km에서 멈춥니다.
어둠 때문.

밤을 꼬박 새워
라이딩과 산행을 가끔 즐기지만
오늘은 여기까지.

그래야
내일 아침 상쾌한 기분으로
출근 가능하니까요.

최선을 다한 하루를
마감합니다.

○ 계양역에서 남춘천역까지

새벽부터 나선
가을 라이딩 길.

계양역에서
남춘천역까지 138km.

한강과 팔당댐 그리고 춘천댐까지
가을빛이
수면에서도 느껴진다.

이 가을을 만끽한 하루....
힘들지만
3번째 춘천 라이딩을 마쳤다는
즐거움에 취했다.

○ 마포역에서 춘천역까지

마포역에서 춘천역까지
라이딩.

귀갓길에
전철을 이용할 수 있어
편리한 코스다.

아침 6시30분 출발해
16시쯤 춘천역 도착,
132km정도.

MTB는 역시 힘들다.
속도가 안 난다.
온몸을 던져도
평균 20km도 버겁다.

몇 주 전에는
야간에 청라역에서 남춘천역까지 라이딩.

오늘은 풍경 감상을 위해
새벽에 집을 나섰다.
그래서 빠르게 귀가 중.

시원한 소맥 한잔이 간절한
시간입니다.

○ 첫 장거리, 남춘천역까지

장거리 세계에 입문.

청라역에서 출발하여
남춘천역까지 160km 다녀가는 길.

어제 16시30분 시작
새벽 5시 남춘천역 도착

첫차로 집에 가는데....
무박 산행만큼
힘든 자전거네요.

로드용이었다면
시간이
절반 가까이 줄어들거라 생각하지만....

임도나 비포장도로의 라이딩은
MTB가 최고.

덥지만 즐거운 휴일입니다.

○ 제부도

인천 송도 출발.
대부도 지나 제부도까지 라이딩

120km
긴 여정이 힘들었다.

그러나 시원한 바다를 낀
라이딩 길이 지루함을 이겨냈다.

제부도는
해변을 끼고 펼쳐진 술집과 찻집들이 즐비.
나름 멋진 풍경이었다.

바다와 어우러진 시설을
비교적 잘 조성했다.

산다는 게 뭐 있나요?

휴일에 운동을 즐기는 것,
충실한 삶 중
하나겠죠.

제5장 백두대간 길에서

○ 지리산 당일 종주

금요일 휴가를 내고 밤 10시
인터넷 산악회 합류.

새벽2시 성삼재 출발
노고단, 삼도봉을 지나
쉼 없이 10km를 질주하니
05시40분 연하천 산장 도착.

아뿔사.. 헤드 랜턴 건전지를
사당역 편의점에서
새로 교체 후,
두 개를 차에 놓고 내려
더 이상의 어둠을 밝힐 수 없다.

그래도 차분한 마음으로
간식을 챙겨 먹고 물 보충 후
6시 재출발

휴대폰 플래쉬를 켜고
30분 정도 걸으니
여명이다.

연하천 대피소에서
벽소령 대피소까지 5km.
매번 지날 때마다
버겁다고 생각하는 곳이다.

세석을 지나
장터목에 도착하니 11시20분.
이 여세라면 1.7km 남은
천왕봉 찍고 대원사 하산도 가능....

점심을 사무실에서 준비해준 전투식량으로 먹었는데
봉지 하단부가 뜯어져서
제대로 익지도 않았다.

생쌀 맛이 나고
시간도 30분 이상 소요,
ㅠㅠㅠ.

12시가 넘어서면서
인파가 눈에 띄게 많아졌으나
다시 출발

제석봉 입구부터
발걸음이 느려졌다.

그러나
쾌청한 날씨와 함께
내려다보이는 발아래 풍경이
감동적이다.

제석봉에서
천왕봉 오르기까지
마음을 바꿨다.

이 아름다운 경치와 풍광을
그냥 즐기자.
천왕봉 일대에서만 2시간을 보냈다.

여러 번 왔지만
그간의 1915m 정상에서는
바람, 구름, 추위 등으로
오래 머무를 수 없었다.

2시10분 중산리 방향으로 출발
4시30분 하산 완료

특이사항 하나,
중산리 거북이 산장에는
산악인용 샤워장이 있다는 사실.
처음으로 이용해보았다.

오랜만에 지리산 종주라
체력적으로는 다소 버거웠으나
쾌청한 날씨에 산행 맛은 최고.

24시에 집 도착.
너무 무리한 탓으로
판단력이 흐려지고....체력 고갈상태 경험.

그러나 어젯밤 잘 자고 일어나서
이렇게 글을 쓰고...
무사히 회복 중. 감사하다.

○ 구룡령에서 조침령

구룡령에서 조침령 구간
백두대간 산행

6개월 정도 쉰 후의 산행이라 그런지....
속도가 안 나고
발걸음이 내내 무거웠다.

21km 중 마지막 5km부터는
시원한 바람을 즐기며
여유로운 산행을 했다.

역시 운동은 꾸준히 해야 한다.
산은 6개월 전과 같을 건데
내 다리와 몸은 적응을 못하는 중.

다음 산행에 대한 고민이 된다.
6개월 전으로 어찌하면
회복할 수 있을까?

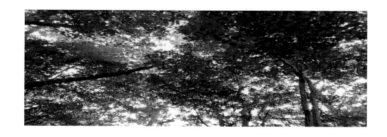

○ 작은차갓재에세 저수령

백두대간 길
작은차갓재에서 저수령까지다.

인천산악회와 함께....

사진 봉사해 주시는 바람길 님이
넘어져 119 헬기 출동.

최선두에서 늘 함께한 고향 선배 누림 님은
장단지 근육부상.

그 외도 여러 명이 넘어져 부상을....

역시 겨울 산은
긴장해야....

나도 한쪽 스틱이
하중 초과로 부서졌다.

겨울 산행은
아이젠을 반드시 신어야 하고,
스틱과 함께
눈길 감속 운전처럼
감속해야 안전하다.

○ 하늘재에서 작은차갓재

백두대간 하늘재에서 작은차갓재 구간
2019년 신년 첫 산행이다.

1000고지 이상인 포함산과 대미산,
그리고 무명봉들을 지나며,

이 차가운 계절에도
힘차게 견디고 있는 소나무들이
존경스럽다.

나이도 벌써 52세에 접어드니
좀 더 멀리 바라보는 삶을 살아야겠다는
생각과 함께한 하루였다.

오늘의 무탈한 산행이
감사하다.

내가 믿는 신과
이 땅
이 산하에
감사함을 느끼며

추위와 땀이 범벅된
치열한 하루를
닫는다.

○ 댓재에서 백봉령

백두대간 길
댓재에서 백봉령 구간

이 좋은 계절에
산에 올 수 있어
행복하다.

가을이 무르익었고
청옥산에서
첫눈도 보았다.

28km 산행 후
버스 승차까지 6km 추가
총34km를 걸었다.

즐거운 주말이다.

○ 이화령에서 조령산

이화령에서 조령산 구간의
백두대간 길

우리나라 산하 중
아름다움의 절정을 보았다는
생각이 든 하루였습니다.

가을은 산행하기 좋은 계절입니다.

○ 조령산에서 하늘재

태풍과 우중을 뚫고 산행.

백두대간 길 완주의
애로 중 하나.

이런 날도
어김없이 참석해야
완주가 가능하다는 것.

나 홀로 땜빵 산행하려면
돈도 시간도
곱절은 들기 때문.

조령3관문에서 마패봉으로 올라
부봉, 탄항봉, 모래산을 지나 하늘재로 하산.

하늘재는 휴게시설이 아예 없고
바람에 떨어진
알밤만 가득했습니다.

산행거리가 13km로 비교적 짧아
일찍부터 상경 중.

편안한 휴일이다.

○ 분지마을에서 이화령

인천00산악회 백두대간 1기 27차 산행.

분지마을에서 사다리재로 올랐다가
이만봉, 시루봉까지 갔다가
사다리재로 다시 회귀.
지난 산행에 불참하여 사진 인증을 위해서다.

왕복 7.2km를 일행들과 떨어져
나 홀로 산행.

열심히 달리고 달려
백화산, 황학산, 조봉, 이화령까지
일행 찾아 뜀박질.

20km를 오전 9시20분 출발해
오후 3시30분에 도착했으니 시간당 3km 주파.

나의 등산 목적은
운동인지라
힘 떨어질 때까지....

버스 출차 시간 내 도착,
오늘도 임무 완수했다.

산행 목적이 단순한지라
즐거움을 느끼는 것도 단순합니다.

○ 늘재에서 대야산

백두대간 길은
웅장하다.

그 길에서
푸르름을 만끽한 하루.

늘재에서
청화산 조항산 대야산까지 갔다가
용추계곡으로 하산했다.

오르막과 내리막이 심한 길이지만
자전거 탄 효과인 듯.

산악회 최선두에서
여유롭게 대간 길을 즐기고
귀가 중.

백두대간 시작 1주년이라고
거나하게 한 잔씩 걸친 산우들 속에서
나 홀로 맨정신.

술을 즐기는 나지만
조심해야겠다는
생각이 드는 밤이다.

○ 버리미기재에서 지름티재

속리산 너머 버리미기재에서
지름티재 구간

16km. 5시간30분 정도 소요.
알탕 포함.

날은 더웠으나
바람은 시원했습니다.

희양산을 곁에 두고 하산하니
아쉬움이....

제6장 여기저기 싸돌아다닌 길에서

○ 담양호

전남 담양댐....추월산....
그리고 메타스퀘어 길

가을에는 처음인데
환상적이다.

아내와 함께여서
더욱 정겨운 가을이다.

○ 인천 대간

가을 산행
임학역에서 인천대공원 입구까지
26km.

9시5분경 임학역 3번 출구 출발,
박촌역 방향으로 걷다 보면
계양산 시장이 있고
시장을 관통하여 주택가 골목 끝에서 산행 시작.

늘 하던 대로 계양산 찍고
중구봉, 천마산을 지나
가정동 루원시티에 이르니 12시다.

가정고등학교 뒤쪽 길 따라
원적산 지나 세일고 옆으로
호봉산에 오르고....

부평 군부대길
철책을 따라서 부평도서관까지
쭈욱 지나친다.

간석5거리 근처의
추어탕 집에서
늦은 점심.

15시30분 다시 약산으로....
약산 둘레길을 한참 걷다 보니
부평농장 고갯마루이자
인천가족공원 옆 자락이다.

만월산과
17사단 철책 따라
쉬일 새도 없이 직진
어느새 인천대공원 입구,
시계를 보니 16시30분.

걷고 싶은 길이의
70%만 걸으라는 아내의 충고도 생각나고....
에라, 그만 걷자.

36번 버스가 왔고
마침
버스터미널까지 간다.

성리초등학교에서 304번 버스 환승,
영종으로 고고씽!

글을 적다 보니
벌써 인천대교다.

다음 주 한 주도
오늘의 산행처럼
무탈하길 바라본다.

가을의 정취가 가득한 날.
미세 먼지는 심했으나
산행하기 안성맞춤인
바람이 좋은 하루였다.

○ 백운산에서

5월의
토요일 우중 산행.

영종하늘도시의 백운산은
높진 않다.
해발 255m

그러나
푸르름이 있고
산 내음이 있다.

비 내리는 날
이 작은 산에 올라
행복감을 느끼는 나는 누구일까?

빗소리 들리는 이 산하가
대한민국이고
이 빗속을 걷고 있다.

행복하다....

단순함 속에서
자존감을 찾아낸
하루다.

○ 영종에서 뜀박질을

영종은
뜀박질하기 좋은 곳입니다.

13km를 1시간 40분 정도로
쉬엄쉬엄 달리며
사색에 젖어봅니다.

구읍 뱃터 근처에 조성한
5만평 규모의 꽃밭....
이번에는 코스모스가 가득합니다.

레일바이크를 즐기시는 분들도
꽤 있구요.

가을이 무르익었네요.

○ 추월산

처가이자 내 고향인 복흥.
어제는 추월산 산행.
전남과 전북의 경계다.

경계하면 떠오르는 것이 참 많다.

선과 악
삶과 죽음
휴전선
백두산
내가 늘 하는 선택의 순간들

모든 것들이 경계에 접해있다.
오늘도 어느 산을 갈까 하는
선택의 경계점에 있다.

백양산으로 갈까
아니면 내장산으로 갈까....

○ 장애우트레킹 1

새벽부터 일어나
장애우트레킹 봉사활동을 마치고
돌아가는 길입니다.

영종하늘도시에서
북한산 우이령까지..
거의 2시간 가까이 이동해서
한국트레킹연맹 분들과 합류.

3시간의 자원봉사를 마쳤네요.

산에는 처음이라는
소아마비 장애우를
산악용 휠체어에 모시고,
오봉이 보이는 곳까지 다녀왔습니다.

참여자 모두가
행복한 시간이었습니다.
정성 가득한 도시락도 맛이 좋았고....

손수건에
나뭇잎과 들꽃 물들이기는 흥미진진했구요.

산은 역시 언제고 편안함을 줍니다.
마음의 안식과
푸르른 기운을 솟구치게 하는....
묘한 힘이 있음을
다시 체험한 하루였습니다.

○ 장애우트레킹 2

장애우분들과 함께 한
남한산성 트레킹.
많은 생각이 밀려든 하루였습니다.

열심히 밀고 당기고....

땀이 온몸을 적시지만
행복하다는 장애우 말씀에
저도 모르게 행복감이 밀려왔습니다.

일정을 마치고
일행 중 몇 분과
다시 남한산성 등산 후 서문으로 하산.

마천역 근처에서
막걸리 한잔하고 집에 가는 중.

척수 장애인의 삶을 이해할 수 없지만
두 다리 멀쩡한 현재의 삶이
그저 감사할 뿐입니다.

때로는 힘들고
지치기도 하지만
너무도 작은 문제네요.

무엇인가를 더 열심히
더욱 열정을 불살라야 함을
느낀 하루였습니다.

○ 암벽 경험

난생
처음으로 해본 암벽 등산

난 역시
워킹 체질인가보다.

체험은 딱 하루였지만
이것으로 족하다.

불암산에서
등산지도사 암벽 실습.

암벽 타시는 분들
정말 존경스럽습니다.

○ 내장산 1

어제....내장산 반종주
추령에서 출발

유군치, 장군봉, 연자봉, 신선봉을 지나
까치봉 아래 호남정맥 갈림길에서 회귀.

초입에서 2km까지
멧돼지 자국이 어마어마하게 많아
다소 긴장.

그래도
여유롭게 경관을 즐기면서
숲과 내가 하나 됨을 느낀 하루.

유군치를 지나면서 등산객을 만날 때마다
내가 먼저 인사하기 실행.

모두들 잘 받아주심에
감사한 하루였습니다.

○ 내장산 2

고향 근처 내장산 산행
휴가 내고 하루 먼저
순창에 도착했습니다.

오자마자
눈이 가득한 고향이 반가워
내장산 눈꽃을 보러 다녀왔네요.

무릎까지 빠지는
눈보라 속에서
나 홀로 간신히 10km 등산.

내장사 입구에서
서래봉, 불출봉, 망해봉, 연지봉, 까치봉까지 갔다가
내장사로 하산.

내리는 눈보다 더 무서운 게
차가운 날씨와
휴대폰 밧데리 방전입니다.

혹시 다치기라도 한다면
119도 못 부를 것 같아
빠르게 하산.

겨울에도 자주 가는
나 홀로 산행이지만
조심, 또 조심하자는 마음으로.

○ 다낭의 새벽

2019. 12. 19.
다낭에서
나 홀로 즐긴 조깅

이번이 다섯 번째의 해외 나들이

첫 번째를 제외하고
모든 여행지에서
새벽 운동을 이어 가는 중이다.

두 시간 정도 뛰는데
매번
훌륭한 선택이었다고 자화자찬.

저자 조희정

1967년 전북 순창에서 태어나 촌놈으로 자랐다.

1984년 금오공고 입학으로 도시와 처음 만났다.

1992년 공군 중사 전역

1997년 인천교육청 교육행정직 공무원 출발

2021년 인천영종고등학교 근무 중

이 책은 최근 3년의 소소한 이야기를 담았다.

넋 두 리

발 행 | 2022년 1월 11일
저 자 | 조희정
펴낸이 | 한건희
펴낸곳 | 주식회사 부크크
출판사등록 | 2014.07.15.(제2014-16호)
주 소 | 서울특별시 금천구 가산디지털1로 119 SK트윈타워 A동 305호
전 화 | 1670-8316
이메일 | info@bookk.co.kr

ISBN | 979-11-372-6986-6

www.bookk.co.kr

공무원으로 살아가며 적어 낸 소소한 이야기

값 9,500원
03810

9 791137 269866
ISBN 979-11-372-6986-6

하
나뿐인 너
랑

박보름

BOOKK